Frontispice.

LES
TROIS CHIENS

CONTE EN VERS,

Diſtribué en trois Chants.

Enrichi de Figures en Taille-douce.

A PARIS,

Chez JEAN PEPINGUE', Quay des Auguſtins,
au Saint-Eſprit.

M. DCCXXII. (2)

Avec Approbation, & Privilege du Roy.

C
C
C
I
P
C
R
Q
C
M
Et
Sé
J'c
Da
Ce
Et

PREFACE.

Digne ornement d'une Famille,
Dont le partage est la beauté ;
Cet air où la Jeunesse brille,
Ces attraits, cette Majesté,
Cet éclat en vous tant vanté,
Quand vous portiez le nom de Fille,
L'Hymen ne vous l'a point ôté ;
Plus digne d'un parfait hommage
Que vous ne la fûtes jamais,
Reconnoissez-vous dans les traits,
Que vous présente un foible Ouvrage,
C'est le moins beau de vos portraits ;
Mais c'est de Bocley le visage,
Et de Clarice les attraits :
Séduit par l'ardeur de vous plaire,
J'osay, sans l'aveu d'Apollon,
Dans une route témeraire,
Celebrer jadis votre nom,
Et sans consulter la Raison

ã ij

PREFACE.

Dans les Vers que je voulus faire
Je n'écoutai que Cupidon,
Dont je voyois en vous la Mere ;
Mais de ces Vers changeant le tour,
Dans une rime plus choisie
Pour vous placer dans un beau jour,
Que la Prudence de retour
Ecoute autant la Poësie,
Que j'écoutois alors l'Amour.
Du stile, au reste, & du langage
Les traits n'ont rien de sérieux ;
Ce Conte est un pur badinage,
Mais s'il vous peut sauver d'un moment
    ennuyeux,
Son sort sera trop glorieux,
Et je n'en veux pas davantage.

Page I.

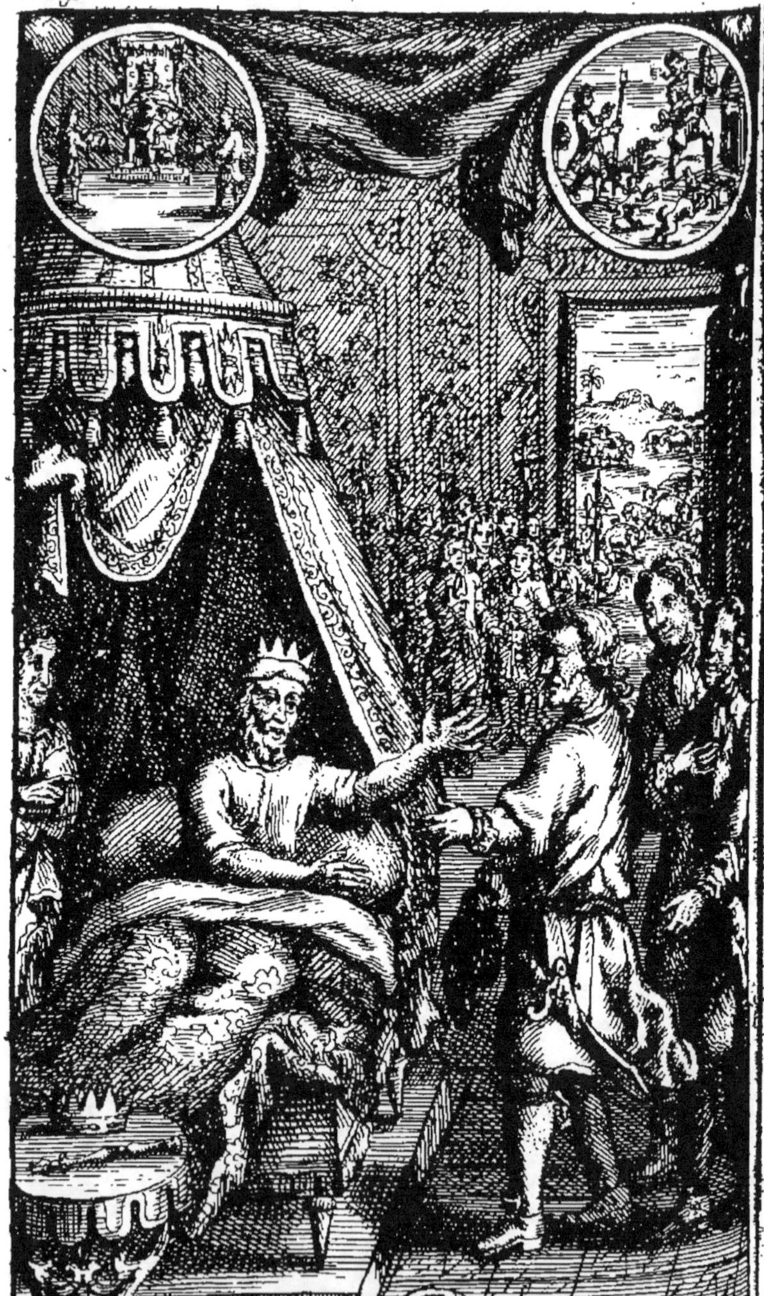

LES
TROIS CHIENS.
CONTE EN VERS.

CHANT PREMIER.

 ANS un païs plus loin que l'Inde
n'eſt d'icy,
    Un Roy content de ſa famille
Regnoit tranquillement ſans cha-
grins ni ſoucy.
Pere de trois grands fils, & de pas-une fille,
Ce Roy tomba malade, & tirant à ſa fin,
   Averti par ſon Medecin
   Homme de ſcience profonde,
   Qu'avant qu'il fût le lendemain
   Sa Majeſté ſans aucun train
   Iroit regner en l'autre monde.
   En préſence de tous ſes Grands,

LES TROIS CHIENS.

Qui déja ne l'écoutoient gueres,
Voulant mettre ordre à ses affaires,
Dit à l'aîné de ses Enfans :
Mon Fils, ayez bien soin que l'on m'embaume,
Imitez ma dévotion,
C'est une benediction
Qui vaut bien plus que mon Royaume.
Le Fils disoit tout bas, ma foy je n'en crois rien.
Le Pere à l'autre Fils adressant l'entretien,
Sans songer au choix des paroles,
Lui dit : non sans de grands efforts
Je te laisse tous mes trésors ;
Afin que de ma mort, mon Fils tu te consoles,
A l'autre, en expirant, il dit prends mes trou-
peaux ;
Et ce furent ses derniers mots.
Jamais ne mourut si bon Pere,
Des Fils, voicy le caractere ;
L'aîné sçavant dans l'art de régir un Etat,
Avoit sans être scelerat
La conscience large & mince,
Et son frere l'homme à l'argent,
A peine eût servi d'Intendant
Dans la plus chétive Province,
Et le troisiéme étoit bon Prince ;
C'est-à-dire que ce Cadet,
Auroit dans le siecle où nous sommes

Paſſé pour l'homme le mieux fait,
Mais le plus ſot de tous les hommes.
D'abord que le bon Roy fut mort,
Tandis que ſon peuple le pleure,
Meſſieurs ſes Fils de très-bonne heure
S'emparent chacun de leur ſort.
Le Dauphin monta ſur le Thrône,
Le ſecond fut deux jours avec tous ſes jettons
A calculer à quoy montoit ſon tréſor jaune ;
Le Cadet ſans tant de façons,
Sans compter reçut ſes moutons
Comme s'il eût reçû l'aumône.
Le nouveau Roy dans ſon Conſeil,
Un jour ordonnant des affaires,
Reçut Placet de ſes deux freres,
Sur cas qui n'étoit pas pareil.
L'un lui demandoit quelque Terre
Où mener paître ſes moutons,
Et l'autre avec ſes millions
Craignant les troubles de la guerre,
Vouloit Eſcorte & Paſſeport
Pour ſe conduire à quelque Port,
D'Eſpagne, du Brezil, d'Irlande, ou d'Angleterre,
Peut-être n'avoit-il pas tort
Au contenu de leur Requête ;
Le Roy ne parut pas trop gay,
Mais il répondit je verray.

LES TROIS CHIENS.

Le Prince avoit toujours telles réponses prêtes :
 Mais à propos, dit-il, nos Loix
 S'opposent à ce qu'on demande.
 Si la grace étoit dans mon choix
Ils l'obtiendroient d'abord fût - elle encor plus
  grande ;
 Il est défendu que l'argent
Pour aucune raison de mon Royaume sorte,
Pour aucune raison ; & mon frere en a tant,
Qu'il nous laisseroit gueux nous quittant de la
  sorte,
 Il peut partir dès cet instant ;
 Mais comme au Public il importe
 De retenir l'argent comptant,
 Qu'on aille poster un Sergent
 Et quinze Dragons à sa porte.
 Pour notre frere le Berger,
 Je puis encor moins l'obliger,
 Il se mocque de moy, je pense.
On devoit bien songer lui laissant des moutons
 A lui laisser quelques cantons
 Pour fournir à leur subsistance ;
 Quant à moy je ne le puis pas.
Du bien de mes Sujets je ne suis pas le maître,
 Bien le suis-je dans mes Etats,
Hors desquels sur le champ il faut l'envoyer paître.
 Aussi-tôt dit, aussi-tôt fait,

Ce Roy de puissance absoluë
Se voyoit servir à souhait
Dès que la chose étoit concluë.
Le Tresorier dans sa maison
Eut d'abord une garnison,
L'autre sans aucun train, compagnon ni compa-
  gne,
 Sans même en attendre l'Edit
 Partit & se mit en campagne,
 Au premier bruit il se le tint pour dit ;
 Il fit son pacquet sans rancune,
 Avec lui sortons d'une Cour
 Qui me fatigue & m'importune ;
 Mais en sortant de ce séjour
Il faut accompagner dans sa moindre avanture
 Notre Héros à tête dure,
 Si d'un seul pas nous le quittons,
 Adieu, son histoire est finie.
 Mais suivre un sot & des moutons
 Il n'est plus triste compagnie,
 Brebis n'ont pas grand entretien.
Et leur Maître marchant par bois & par prairies
 Ne disoit mot & faisoit bien,
 Toujours confit en rêveries,
 Il revoit sans songer à rien.
 L'homme est animal qui raisonne,
 Quoique bien souvent de travers,

Et le nôtre dans l'Univers,
A raisonner ainsi ne cedoit à personne;
Jamais il n'arrêtoit un moment dans les bois,
Que quelque maudit Loup posté sur son passage,
Ne mit dans le troupeau l'alarme & le ravage,
Et des plus gros moutons n'enlevât deux ou trois;
Il disoit je voudrois qu'il en prît davantage,
　　Où plutôt qu'il vous eût pris tous.
　　Une autre fois défendez-vous,
　　Vous avez assez d'avantage :
Un seul Loup devant moy vous vient roüer de
　　coups.
　　Ma foy ce n'est pas grand dommage,
　　Et j'en estime fort les Loups.
　　Pauvres moutons le laissoient dire,
　　Tandis que Loups crevoient de rire,
De son troupeau nombreux il vid en peu de temps
De plus de dix milliers, par ce rusé manege
　　Ce nombre réduit à cinq cent :
　　Et sur sesdits moutons restant
　　Loups conservoient leur privilege.
Or par un beau matin de ces belles saisons,
　　Où de sa naissante parure,
　　Flore vient orner la Nature,
Dans les lieux, où le peu qu'il avoit de moutons
A peine respiroit en cherchant sa pâture,
　　L'air retentit de milles sons;

C'étoit des forêts la plus sombre,
A peine encor étoit-il jour
Que tous les échos d'alentour
Repetoient sans ordre & sans nombre
Des accens confus tour à tour;
Terribles au milieu de l'ombre;
Par tout on entendoit tayaut,
Les Chiens ardents après leur proye,
Suivis de Chasseurs sur leur voye,
Qui sonnoient du Cor comme il faut,
Firent par leur vacarme éveiller en sursaut,
Berger plus beau que le Berger de Troye,
D'abord qu'il entendit les Cors
Il mit ses Troupes en bataille.
Courage Compagnons, dit-il, les Loups encor
Croyant nous trouver dans la paille,
Marchent, mais c'est une canaille
Dont je méprise les efforts,
Ils sont plus pâles que des Morts
Quand on se bat & qu'on chamaille;
Ce sont eux j'entens leurs tambours.
J'entens le bruit de leurs Trompettes,
Songez à votre gloire, & songeant qui vous êtes,
Battez-les aujourd'huy vous les battrez toujours.
A peine achevoit-il sa prudente Harangue
Qu'un pauvre Cerf presque aux abois,
Importuné de cris de chiens, d'hommes de voix,

Paſſa tout contre lui tirant un pied de langue,
 Vingt Piqueurs fiers & triomphans,
 Voyant la pauvre bête à terre
 Au tour d'elle du Cor ſonnant
 Faiſoient un affreux bruit de guerre.
 Ce ſpectacle pour lui nouveau
 Mit en déroute le troupeau,
Cors & Chiens en concerts faiſoient une muſi-
  que
 Que moutons n'aimerent jamais.
Ceux-cy ſaiſis d'effroy, pleins de terreur panique
 Se diſperſent par les Forêts
 Et chiens courans d'aller après,
Qui bien-tôt ayant joint ſa troupe pacifique,
 Etranglent d'abord les derniers ;
 Et ſans égard aux loix des Armes
 En font tout autant des premiers,
 Qui ſoumis & fondans en larmes,
Demandoient à genoux qu'on les fît priſonniers.
 Mais leur ſoumiſſion fût vaine,
Les Chiens victorieux ne font aucun quartier,
 Leur guerre eſt toujours inhumaine,
 Et de piller il font métier.
 Or à Meute diſciplinée
Courir ſus à troupeaux eſt crime capital,
Et les Chaſſeurs à pied, les Chaſſeurs à cheval
 Voyant celle-cy déchaînée

Partirent

Partirent, mais trop tard, pour s'opposer au mal,
Moutons avoient déja subi leur destinée.
 Le Prince tout seul d'animal,
 Tant sa suite fut mal menée
 Trouva l'exploit assez brutal.
 Et de la meute ramenée.
 Vouloit dresser Procez verbal;
 Quoique d'un projet sans égal
La troupe des Chasseurs se trouva étonnée
 D'abord qu'il parut à leurs yeux,
 Il fut pris pour quelqu'un des Dieux;
 Sa beauté, sa grace & sa mine
Ne démentoient en rien son illustre origine,
Tous sots ne portent pas leur caractere au front,
Il le nôtre en dépit de son employ rustique
 Eut réparation publique,
 Et de la perte & de l'affront.
 Point de délay dans cette affaire,
 On décime les Chiens courans;
 Et le sort à son ordinaire
Tomba sur les seuls innocens.
 Trois Chiens de beauté singuliere
 Eurent d'abord les fers aux pieds,
 Et pieds & pattes ainsi liez
 Furent traînez vers la riviere;
Quoiqu'ils fussent connus pour Chiens de probité.
 Sans égard à leur innocence,

B

A leur jeuneſſe, à leur beauté,
Et ſans entendre leur défenſe,
Des Juges la ſeverité
Voulut qu'on les noyât tous trois en ſa préſence.
Spectacle qu'on ne pouvoit voir
Sans s'attendrir & s'émouvoir ;
Car ils étoient ſi beaux, ſi beaux, ſi beaux, que
ſçais-je ?
Le premier fait à peindre, & plus blanc que la
neige,
Avoit cent rares qualitez
Bien au-deſſus de ſes beautez ;
Gay, careſſant, & toujours ſage ;
Jamais n'avoit les pieds crottez,
Jamais ne baiſoit au viſage ;
Et jamais enfin n'aboyoit,
Mais charmoit tout ce qu'il voyoit.
L'autre de couleur Iſabelle,
Chaque oreille à terre traînant,
Alloit plus vîte que le vent,
Et des tailles avoit pour un chien la plus belle.
Le troiſiéme étoit Gris-delin,
Hors que ſur le nez & la queuë
Il avoit une tache bleuë,
Et ce beau nez étoit ſi fin,
Qu'il ne prenoit jamais le change,
Malgré la brouſſaille & la fange

Il tenoit bon jufqu'à la fin,
Et couroit d'une ardeur étrange;
Le foir tout comme le matin.
Le Bourreau felon fon office
Alloit faire paffer le pas
Aux pauvres chiens & leurs appas
Pour fatisfaire à la Juftice.
Combien de gens aimans les chiens
Les euffent rachetez des deux tiers de leurs biens;
C'eft une efpece de folie,
On en fait plus de cas fouvent que des hu-
mains.
Vous les aimez, je m'en fouviens,
Et je vais leur fauver la vie.
Son Alteffe aux moutons de leur fort attendrie,
Demandoit vainement leur grace,
Quand Cerf nouveau qui près d'eux paffe,
Fit pouffer aux Chaffeurs tout à coup un grand
cri,
Qui comme forcenez vont à nouvelle chaffe,
C'étoit leur plaifir favory.
Dès qu'ils eurent quitté la place,
Le Prince mit les Chiens en pleine liberté,
Du troupeau, difoit-il, Meffieurs je me confole,
Quoique vous l'ayez maltraité.
J'aime affez qu'on pille & qu'on volle,
Moutons auprès de vous ne valent une obole,

Et vous m'en avez dégoûté.

Pour le remercier de si grande bonté ;

Nul des trois à son gré ne trouvoit de parole ;

Mais chaque Chien sur lui sautant,

Remuoit la queuë & la tête,

Et lui faisoit toute la fête,

Que fait un Chien reconnoissant ;

Disposez par tout à le suivre,

Par tout attachez à son sort,

Comme il les sauve de la mort :

C'est pour lui seul qu'ils veulent vivre.

Jamais de plus rare trésor

Ne fut donné par la Fortune ;

Ces Chiens de race non commune,

Valoient cent fois leur pesant d'or,

Issus d'un Chien courant d'Hector,

Ils étoient petits-fils d'un Limier de la Lune.

On tient que Diane autrefois

Quand elle honoroit notre Terre,

Dans les Plaines & dans les Bois

A tout Gibier faisoit la guerre ;

Un de ses Chiens pendant l'Eté

Fatigué d'une longue course,

Trouva Chienne mortelle en cherchant une
     source,

Et fut épris de sa beauté.

Tout commerce d'amour chez elle étoit prophane,

Ce Dieu fut de tout temps à sa Cour maltraité,

Les Nymphes le fuyoient, mais les Chiens de Diane

(Comme elle) n'aimoient pas garder leur cha-
   steté ;

Moins encor en faisoit de nos trois Chiens la
  mere,

  Dont très-bien prit à ses enfans,

  Qui toute chose sçachant faire

  Sçavoient deffaire enchantemens

  Le plus rare de leurs talens,

  Et pour lors le plus necessaire ;

  Car lors par tout c'étoit sorciers,

  Lutins même esprits familiers ;

  Et dans les lointaines contrées

  Les bois étoient farcis de Fées.

De trouver des sorciers presque de tous états

  On auroit pû faire gageure ;

  Mais notre homme ne l'étoit pas,

  Pas ne l'étoit c'est chose sûre,

  De finesse il ne faisoit cas.

  Or Gris-de-lin, Life, Isabelle,

  De ces trois Chiens étoient les noms.

  Dans l'angoisse la plus mortelle

  Ou des périls ou des prisons,

  Des Sorciers malgré la cautelle,

  Dès qu'un de ces Chiens on appelle ;

  Sans rien changer à leurs sur-noms,

Enchantement n'eft qu'une bagatelle ;
On les voit arriver comme des tourbillons,
Autrefois notre rufé Sire
Avoit hanté les Ecoliers,
Et par bonheur avoit fçû lire
Les noms de ces trois Chiens gravez fur leur
colier ;
Ils adoroient leur nouveau Maître,
Et les careffant à tout coup,
Des bois, difoit-il, gardons - nous,
Mes Chiens il n'y fait pas bon paître,
Ils font de ces brigans de Loups
Tout auffi pleins qu'ils peuvent être ;
Qui de mes moutons étoient fous ;
On ne connoît point leurs ragoûts,
Et vous en feriez un, peut-être.
A peine achevoit-il, qu'un Tigre & deux gros
Ours,
Qu'on menoit battant dans la plaine,
A ce bois eurent leurs recours ;
Retraite qu'ils croyoient certaine
En équipage de Berger
Ce Prince voyageoit fans armes ;
N'apprehendant aucun danger,
Et tranquille dans les allarmes.
Alors il ne le fut pas tant ;
Car fur lui ces bêtes fauvages

CHANT PREMIER.

Venoient & heurloient en venant,
Jamais il n'avoit vû de si vilains visages;
Ils venoient en désesperez,
Il mit ses gands pour les combattre;
Et pour les prendre séparez,
Comme Horace il plia sans se laisser abattre;
C'étoit alors fait de ses jours,
Si les Chiens ne s'étoient mêlé de cette affaire;
Chacun choisit son adversaire.
Et pour lui faire voir ce qu'ils sçavoient de tours;
Lis étrangla son Ours;
Autant du sien fit Isabelle :
Et le Tigre avec Gris-de-lin
Soutenoit fort mal la querelle;
Et fuyoit devant lui comme eût fait un Lapin,
Surpris de leur valeur étrange :
Ma foy, dit-il, je ne crois pas
Que pour moutons je les rechange,
Marchons par tout sans embarras,
Je ne crains plus que le Loup me les mange;
Ainsi par vallons & costeaux,
Par montagnes & par prairies,
Sur le bord des coulans ruisseaux,
Et le long des rives fleuries
Il promenoit ses rêveries,
En l'air faisant riches Châteaux,
Sans nul ordre & sans symetrie,

LES TROIS CHIENS.

Talent très-ordinaire aux fots,
Aux rêveurs dans les Bergeries,
Et dans les Romans aux Héros.
Le nôtre errant à l'avanture
Arriva fur le bord d'un Lac,
Dont l'eau lui parut vive & pure,
Il en but & crut boire un trait de Frontignac,
Un Palais au milieu de fuperbe ftructure,
Et bien plus fort que n'eft Brifac,
Egaloit en Architecture
Tous ceux que dans la Lune a bâtis Bergerac,
Deux Nymphes y faifoient une étrange gageure;
L'une en vivacité furpaffoit Lapignac,
Et l'autre étoit de la figure
De la divine Mardagnac.
D'arriver au Palais n'étoit pas chofe fûre,
Un Geant fur le Pont qui prenoit du Tabac,
Défendoit fa vafte clôture;
D'un air terrible & menaçant
Il vint fur le Prince & fa fuite.
Mais Ifabelle en un inftant
Du Monftre qui prenoit la fuite,
Trancha les jours d'un coup de dent;
Rien n'échapoit à fa pourfuite;
A cet exploit qui le charma.
Son Maître plein de confiance,
Fut au Palais en diligence;

Mais la porte qui l'allarma
Par un effet de négromance,
Contre lui soudain se ferma;
Elle étoit d'une fonte bleuë
Cent fois plus dure que le fer:
Et quoiqu'elle eût passé pour celle de l'enfer,
Gris-de-lin fit deux saults en l'air,
Et l'abbatit d'un coup de queuë.
Il entre, & dans un beau Jardin
Il vit auprès d'une Fontaine,
Deux jeunes Nymphes fort en peine,
D'un combat trop égal pour esperer la fin;
Au berceau filles enlevées
De leurs paternelles maisons,
Pour être sous de jolis noms
En terre étrangere élevées,
Sont de petites trahisons,
Dont se divertissent les Fées;
Ornant toujours ces Nymphes égarées
De leurs talens ou de leurs dons.
Le don n'étoit pas toujours riche,
Aux nôtres, par exemple, on avoit fait présent;
A l'une d'une blanche Biche,
A l'autre d'un beau Chien courant,
Pour leur servir d'amusement;
Ou plutôt pour leur faire niche,
Comme vous verrez dans l'instant.

LES TROIS CHIENS

Le Chien fait par enchantement,
A la courfe, devoit tout prendre,
La Biche jamais ne fe rendre,
Aux Nymphes étoit le Palais,
Farcy de richeffes immenfes,
Le Jardin & fes dépendances
Pour elles étoit fait exprès.
Chacune de fa part d'un fi riche heritage
   Avoit ofé faire un pary,
   Qui des deux auroit l'avantage,
De la Biche enchantée ou du Chien favory,
   Et pour décider la gageure,
Le Chien avant cinq ans la devoit attraper,
La Biche tout ce temps, lui devoit échapper;
Chacune de fon fait fe croyoit affez fure.
   La courfe autour de ce Jardin
   Etoit encore loin de fa fin,
   Au moins felon toute apparence;
   Mais qui ne fçait que le deftin
   Trompe fouvent notre efperance,
   Et qu'icy bas rien n'eft certain
   Depuis le foir jufqu'au matin.

Si la Biche fuyoit d'une viteffe extrême
   Le Chien la pourfuivoit de même,
   Il n'en étoit plus qu'à deux pas;
   Mais il n'en étoit pas plus gras.
   D'une viteffe redoublée

Il faisoit milles efforts en vain,
La Biche moins que rien troublée
De voir l'ennemi si prochain,
Conservoit toujours son terrain.
Le Prince aux deux Beautez causa telle surprise,
Qu'il troubla leur attention,
Chacune au fond du cœur sentit émotion,
Et de ses charmes fut éprise;
La plus vive des deux lorgna tant qu'elle put,
L'agaça même de parole,
La Brune rougit & se tut.
Elle joüoit souvent ce rôlle
La premiere s'humiliant,
Lui dit, Seigneur, rien que vos charmes,
Ne pouvoient du Palais rompre l'enchantement,
Et poursuivit en soupirant;
Qui peut se dispenser de leur rendre les armes?
Le Prince à tout ce compliment
Ne lui répondit qu'en bâillant,
Tandis que l'autre sœur rougissoit jusqu'aux lar-
mes.
La parleuse dit vous voyez,
Homme ou Dieu, qui que vous soyez,
Ce qui dans ces lieux nous occupe,
Vous n'avez pas l'air d'être duppe.
Dites-nous qui vaincra de la Biche ou du Chien;
Ma foy, dit-il, je n'en sçai rien,

Et je ne suis point Astrologue.
L'autre recommençant toujours le dialogue,
 Lui dit avec tout votre esprit,
 Croyez-vous qu'un seul mot suffit
 Pour une premiere visite.
A ma sœur est le Chien, Biche est ma favorite,
Dites-nous franchement pour qui sont vos souhaits)
 Moy, dit-il, je n'en fais jamais,
 Et je n'en ferai de ma vie.
Si la Nimphe en eût crû son Amour irrité,
 A cette brutale saillie
 Mon Héros étoit souffletté;
 Elle en avoit assez d'envie,
 Je voudrois moy qu'il l'eût été ;
 Car rien au monde tant n'ennuye,
 Qu'une extrême sotise unie
 Avec une extrême beauté.
L'autre sœur à la fin ouvrit sa belle bouche,
 Et lui dit, Seigneur, jugez-nous,
 Notre destin dépend de vous.
 Que notre peine enfin vous touche,
 Un Géant cruel & farouche
De l'une de nous deux doit devenir l'époux ;
Mais je sçaurai percer mon cœur de mille coups
 Plutôt que partager sa couche,
 Si mon Chien gagne le pary
 Le riche Palais me demeure.

Sinon cet horrible mary :
Ah ! que cent fois plutôt je meure ;
Arbitre de notre deftin,
Prononcez, car le Ciel enfin ;
Après avoir forcé la porte
Vous en a rendu fouverain.
De l'horreur à l'amour je vois ce qui m'emporte ;
Je vois.... difpofez de ma main.
A ces mots moins vive que morte,
Les larmes à ruiffeaux coulerent de deux yeux
Plus brillans que l'Aftre des Cieux ;
Le Prince répondit, je n'aime pas qu'on pleure,
Confolez-vous, ma pauvre enfant,
Je prendrai la Biche fur l'heure,
Ou j'affommerai ce Géant.
Dites-moi feulement où ce vilain demeure :
Il s'eft emparé du Palais,
Répondit des fœurs la plus vive,
Mais qui vous aime vous y fuive.
On entre tant qu'on vent, mais on n'en fort ja-
mais ;
Il y courut en temeraire,
Il vit à la porte un Géant,
Que de celui du Pont il reconnut pour frere ;
Quoiqu'il parût deux fois plus grand.
D'abord d'une maniere honnête
S'inclinant & baiffant la tête,

Il porta les mains au Turban,
En figne d'honneur & de fête ;
Et tendant au Prince la main,
Qui près de lui n'étoit qu'un Nain.
De ces lieux vous venez achever la conquête,
Entrez, dit-il, je vais vous montrer le chemin;
Entrez, que rien ne vous arrête,
Le Géant, difoit l'autre eft civil & poli ;
Les deux Nymphes lui font injure,
Elles m'en avoient fait une laide peinture,
Et je le trouve très-joli
Dans fa taille & dans fa figure.
S'approchant donc de plus en plus
Il vid en or, en pierreries,
En vaiffelle, en argenterie,
Trois fois plus de tréfors que n'en eut Attalus.
Il vid enfuite un long paffage,
Qui de divers habillemens,
De parures & d'ornemens,
Offroit un bizarre étalage,
Grands jufte-au-corps, pourpoints petits,
Vefte, culotte à la Royale,
Brandebourgs, furtous, amadis,
Meubloient un côté de la falle ;
L'autre étoit garni de rayons,
De Bourgognes & de commodes,
De manteaux, corfets & jupons

Taillez en differentes modes.

On y voyoit auſſi manchons,
Mules, ſouliers & caleçons.
Là ſe trouvoient des jupes magnifiques,
Tant en falbalas qu'en portiques,
Corps brodez, larges cours, & longs,
Et toute ſorte de Galons ;
Robes de quatre aunes traînantes,
Cornettes, mouchoirs, engageantes,
Battans-l'œils chamarrez de point ;
Le fard même n'y manquoit point.
De cette étrange Friperie,
Traverſant autre Gallerie,
Par le Géant toujours conduit,
Il aborde un lieu triſte & ſombre,
Où voyant des armes ſans nombre,
Au dernier des dangers il ſe trouva réduit,
Quand de ce danger la Fortune
Le ſauva ſans enchantement ;
Mais ſuſpendons l'évenement
D'une avanture peu commune,
Pour le conter dans l'autre Chant.

Fin du premier Chant.

DES

T

Ils

LES
TROIS CHIENS.

CHANT SECOND.

LE Prince avec qui la Prudence
Etoit, d'ordinaire, affez mal
Se vid dans ce vaſte Arſenal
Sans allarme & ſans deffiance,
Lorſque ſon guide en déloyal
A double tour fermant la porte,
S'écria, traître, je te tiens,
Je te tiens avec ton eſcorte,
Tu périras avec tes Chiens.
Ils viennent d'étrangler le plus cher de mes fres-
   res,
Le brave Chevalier des Ponts ;
Mais à ſes Manes je répons
Qu'il ſera vangé des Cerberes,
Et tu ne leur ſurvivras gueres.
Alors tirant le Coutelas,
Sur Gris-de-lin, Lis, Iſabelle,
Il leva ſon terrible bras.

D

Mais eux reculant de deux pas,
Evitent l'atteinte mortelle ;
Et puis lui fautant au gozier ;
Le Géant terraffé ; fans armes, fans deffenfes ;
Ses crimes alloient expier :
Lorfque pour reveler matiere d'importance,
Au Prince il demanda quartier.
Tandis que des chiens qu'il retire,
Les cris rempliffent le Palais,
Le Géant fe leve & refpire,
Effrayé s'il le fut jamais.
Seigneur, dit-il au Prince, en ces lieux pleins
d'atraits
Eft la merveille fans égale,
De la pierre philofophale,
Vous l'aurez, je vous la promets.
Ceux avant vous de qui l'envie
Les a pouffez à la chercher,
Ont payé ce défir bien cher ;
Soit par les biens, ou l'honneur, ou la vie,
Dans la p. emiere chambre on peut voir en en-
trant
Le tribut de tout leur argent.
De l'un & l'autre fexe on voit dans la feconde
Les dépouilles de cent beautez,
Qui dans une grotte profonde
Soumifes à mes volontez ;

Verroient fans vous la fin du Monde,
Avant celle de leur captivité.
Et celle où vous voyez ces differentes Armes;
Eft celle où les Avanturiers
Qui croyoient leur valeur au-deffus de mes char-
mes,
Ont éprouvé leurs bras guerriers.
Icy leurs armes étalées
M'ont élevé des vains trophées ;
Car je me voyois Maître en vain
De ces préfens de la Fortune,
Deux fœurs poffedent ce Jardin ;
Dont l'une eft blonde, & l'autre brune,
Par mes enchantemens, ou leur mauvais deftin;
Des deux j'en devois avoir une,
Dès que de leur gageure elle verroient la fin.
Filles d'un Roi puiffant, voifin de ces contrées,
Elles ont une jeune fœur,
Qui les paffe, dit-on, en charmes en douceur;
Celles-cy du berceau dès l'enfance enlevées,
Ont toujours eu pour mon malheur
Contre moy le fecours des Fées.
De ces deux fœurs pourtant dépendoit mon bon-
heur ;
Mais, Seigneur, ce bonheur infigne,
Vous feul au monde mérité,
Vous les égalez en beauté,

Tout autre en feroit trop indigne.

Je vais vous livrer le tréfor

De cette ineftimable pierre,

Qui change tous métaux en or;

Qui pour la paix ou pour la guerre

A bien d'autres vertus encor.

Souveraine pour les foibleffes

De tous genres elle en guérit;

Soit pour le corps ou pour l'efprit,

Et communique la fageffe;

Mais rien n'égale fa proüeffe,

Si l'on fe trouvoit interdit

Par trop d'amour ou trop peu de tendreffe.

Et fi par malheur de vos jours,

Dont puiffiez-vous, Seigneur, avoir nombreufe

    fuite,

Ou bleffures ou mort fubite

Avoient interrompu le cours,

Cette pierre qui reffufcite

Eft un infaillible fecours.

A ces mots dans leur mur deux fenêtres quar-

    rées,

Qui ne s'ouvroient point fans effort,

Offrent une machine à l'ame furdorée,

Qu'on eût pris pour un coffre fort;

Laquelle avec autre machine

Par un trou l'Enchanteur ouvrit;

CHANT SECOND.

Lors fur un Trône ardent le Prince découvrit
Cette effence immortelle éclatante divine ,
Dont rien n'approchoit de l'éclat.
Le Soleil effacé , près de lui n'ofoit luire ,
Et la Lune en fon plein paroiffoit comme un
    plat ,
Auffi le cachoit-on de crainte de leur nuire ,
    Tout s'y laiffoit féduire.
Le Clergé , la Nobleffe , avec le Tiers-Etat ;
Ainfi d'autres beautez paroiffent des étoiles
   Lorfque vous ne vous montrez pas ,
Ou que fans favorite & fans crochets abas
    Sous les coëffes & fous les voiles ,
Vous laiffés quelquefois repofer vos appas ;
    Laiffons-les briller dans leur gloire ,
    Et retournons à notre Hiftoire.
    Le Géant s'avançant d'un pas ,
Au Prince dit ces mots ; fi j'ai bonne mémoire ,
Ce tréfor eft à vous , vous en pouvez joüir.
    Mais fi vous le perdez de vûë
    Par une puiffance inconnuë ,
    On le verroit évanoüir.
    Un Lys , un Oeillet , une Rofe ,
    Dans les trois coins de ce Jardin ,
    Chez vous fixerent fon deftin.
Maître de ces trois fleurs il ne faut autre chofe ,
    Les cueillir moi-même , je n'ofe ;

Comme vous fur cet or j'ai fixé mes regards ;
    Si je les ôtois je l'expofe
A voler en éclats autour de nous éparts.
Le Prince trop credule, & beaucoup trop hon-
    nête,
      Qui lorgnoit attentivement
Aux Chiens fans fe tourner , fit trois fignes de
    tête,
Qui comme des éclairs partirent à l'inftant,
Des importantes fleurs pour aller à la quête.
    Alors en prononçant trois noms,
Le Géant par trois fois frappa du pied la terre ,
    Et puis d'un fifflet de Parterre,
Siffla cinq ou fix fois pour hâter les démons.
La fenêtre foudain dans le mur refermée,
    L'objet éclatant renferma,
Pour la feconde fois le perfide s'arma ;
Quoiqu'affez fort lui feul pour combattre une Ar-
    mée,
Sans le fecours d'enfer que fon art anima.
    La pierre à fes yeux difparuë,
    Le Prince comme un vray beneft
Tenoit au même endroit fidellement la vûë,
Quand le Géant ainfi prononça fon Arreft.
De tes Chiens forcenez la fureur inutile,
    Ne peut plus garentir tes jours,
Quand même avec ces trois je t'en verrois trois
    mille,

Je mépriferois leurs fecours.

Lors le faififfant par derriere,

Le Géant l'enleva, comme on voit deffus l'eau ;

Un Faulcon enlever un Oifeau de riviere,

Ou comme un Chat fait un Moineau,

Le Prince en difant fa Priere,

Cria par trois fois Ifabeau,

Au lieu de crier Ifabelle ;

Tant ce péril preffant lui troubloit la cervelle.

Trois démons cuifiniers ayant fait un grand feu,

Dans un endroit commode & propre,

Le deshabilloient, & dans peu,

Par ordre du Géant l'alloient mettre à la broche,

Pour fermer le paffage aux Chiens,

Les démons avoient mis à la porte une roche ;

Et les pieds & les mains garotté de liens,

Il vit monter le Tournebroche ;

Heurlant alors comme auroit fait un Ours,

Trois fois en nommant Lis, & trois fois Ifabelle ;

Trois fois à Gris-de-lin demandant du fecours.

Neuf fois les trois Chiens il appelle,

Le Jardin par neuf fois de fes cris retentit,

Et chaque Chien les entendit.

Comme trois tourbillons à la voix de leur Maître,

Ils gagnent le Palais, mais malgré leur effort ;

Le rocher réfiftoit, & le Prince étoit mort,

LES TROIS CHIENS.

Si Lis n'eût trouvé la fenêtre,
 Ses deux compagnons en deux fauts
 Entrerent d'abord à fa fuite.
Et voyant fon Alteffe à cet état réduite,
 Poufferent trois cris des plus hauts ;
Les démons effrayez en prirent tous la fuite.
Le Géant déchiré de fon corps en morceaux,
 Vit la décadence fubite,
Et laiffa pour jamais les deux fœurs en repos.
 Leur Chien & leur Biche enchantée
 Y furent auffi dès l'inftant,
 Et leur vîteffe tant vantée
 Par le trépas de ce Tyran,
 Vit finir fon enchantement.
 Ils furent transformez en pierres,
 Et leurs deux Maîtreffes en paix,
 Sur leur gageure & leurs projets ;
Et fur l'affreux Geant qui leur faifoit la guerre,
 Retournerent dans leurs Palais.
La porte du Jardin d'elle-même rouverte,
Leur avoit annoncée de ce Monftre la perte
 Avec le gain de leur procez :
 Et depuis cette découverte,
Si même foin occupe & l'une & l'autre fœur
 Qui parurent fort empreffées,
 Ce n'étoient plus les dons des Fées,
Mais c'étoit de revoir leur beau Liberateur.

Un

Un cœur généreux se captive,
Et s'enchaîne par les bienfaits.
Mais quand on en reçoit d'un objet plein d'attraits,
Que la reconnoissance est vive,
La brune en sentimens tendres, humiliés
Pour cette grace sans pareille,
Vouloit absolument se jetter à ses pieds;
L'autre moins humble en amitié,
Vouloit, en écoutant le Dieu qui la conseille,
Lui dire deux mots à l'oreille.
Mais les Nymphes en vain formoient ces beaux desseins
Par une retraite subite,
Qu'en prose on pourroit nommer fuite,
Le Prince étoit sorti de ces lieux inhumains.
Habillé qu'il fût à la hâte,
Dans l'horreur des enchantemens
Il disoit en courant les champs,
Formez étoient de bien maudite pâte.
De ce Château les habitans
Et pour ces deux objets charmans,
Que le trop de liberté gâte,
Ou la lecture des Romans,
Qu'on me pende si j'en retâte.
Ainsi s'éloignant du Palais,
De sa richesse sans égale,
Et sa pierre philosophale,

E

Il crut s'éloigner pour jamais.

Il n'étoit occupé que du soin d'aller vîte,

Plus broüillé dans l'esprit avec tous les Géans,

Qu'il n'étoit avec le bon sens ;

Il alloit en avant sans songer à quel gîte.

Deux fois la clarté du Soleil,

Faisant place à la nuit humide,

L'avoit vû dans cet appareil,

Sans nourriture & sans sommeil ;

N'avoir dans les Forêts que sa frayeur pour guide,

Encor moins pressé de la faim :

Que pour enchantemens rempli d'inquietude,

Il se cacha long-temps dans cette solitude,

Dont il falut pourtant s'éloigner à la fin,

Jeûner est mauvaise habitude.

Le Prince hors du bois suivit un grand chemin,

Qui le rendit le lendemain

Aux portes d'une Ville aussi grand que Budes,

Que l'on appelloit Marobude :

Mais quoiqu'il parût étranger,

Sans obstacle il entra dans la superbe Ville,

Où dans l'empressement qu'il avoit de manger,

Il faisoit recherche inutile

De Rotisseur & Boulanger,

D'Eglises & de Palais il trouva plus de mille,

Qu'en un seul Cabaret il eût voulu changer.

Toutes les Boutiques fermées

Lui caufoient un mortel dépit,
Il fallut promener plus loin fon appetit ;
Quand les Gardes du Roy fur la Place rangez,
Offrirent un objet dont il fut interdit.
Là du Peuple affemblé la vafte multitude,
    Avoit fait une folitude ;
Des lieux qu'en arrivant il vid abandonnez,
    Là grands & petits étonnez,
    Sembloient avec inquietude
    Attendre des jeux ordonnez.
Un échaffaut paré d'ornemens magnifiques
    Etoit vis-à-vis d'un poteau,
    Auquel pendoit un gros anneau,
Paré comme il crut pour les Fêtes publiques,
    Il admiroit ces apprêts tour à tour,
Lorfqu'il fut apperçû de certaine parleufe,
Qui n'avoit par hazard parlé de tout le jour,
    Jamais ne fut telle caufeufe.
N'êtes-vous pas furpris de ce que vous voyez,
Dit-elle en l'abordant, & fans autre préface,
    Et le moyen que vous ne le foyez,
Etranger dans un lieu fçait-on ce qui s'y paffe ?
Le Roy, pourfuivit-elle, eut, dit-on autrefois,
    Que le Ciel le conferve,
    Des filles au nombre de trois.
Il faifoit vraiment bien d'en avoir de referve,
    Car de deux filles qu'il perdit

E ij

LES TROIS CHIENS.

Il pensa bien perdre l'esprit ;
Par tout il mit tout en usage,
Vœux, présens pour les retrouver,
Dieu ne les rendit point, je crois pour l'éprou-
ver ;
Mais la fille qui reste a le plus beau corsage,
C'est un vrai chef-d'œuvre en beauté,
Et du Royaume l'heritiere ;
Pensez si les Amans venoient de tous côtez.
Princes & Rois venoient, mais n'y profitoient
guere,
Elle veut de l'esprit au souverain degré
Dans les Partis qu'on lui propose,
Et pas-un jusqu'icy n'en possede à son gré,
Dont chaque Amant est fort outré,
Et menace l'Etat de guerre ou d'autre chose ;
Le refuser tout net, le Roy son pere n'ose.
Mais il a fait un sot serment,
Excusez-moi, Monsieur, d'en parler de la sorte,
Que la Princesse vive ou morte,
Epouseroit au même instant,
Soit Prince ou Roturier n'importe,
Celui qui la pourroit sauver d'un grand serpent
Que l'on appelle la Panthere,
Je croi que c'est quelque Vipere,
Car on l'entend souvent mugir comme un Tau-
reau.

Or la Princeſſe à ce poteau,
Comme au carcan doit aujourd'hui l'attendre ;
  Et l'Amant qui la doit défendre,
  Il faut qu'il ait beaucoup de cœur ;
  Ils ne ſont plus que trois ou quatre,
  Qui pour elle veulent ſe battre,
  Tant la bête leur fait de peur.
  Toute la Cour prie & s'empreſſe
  Pour le ſalut de la Princeſſe.
Elle auroit bien mieux fait d'épouſer quelque fou ,
Que d'être après l'eſprit à tel point enragée ,
  Et peut-être encore mangée
  Par ce diable de Loup garou.
  Mais voilà le Roy qui ſe place ;
  Le voyez-vous ſur l'échafaut ?
  Voilà devant lui ſon Herault ;
Adieu , Monſieur , je ſens que la crainte me
    glace ,
J'ay regret de finir , cependant il le faut.
A ces mots non ſans peine elle garda ſilence ;
Cependant un ſpectacle auſſi triſte que beau ,
  Auroit d'un ſentiment nouveau
  Touché la plus dure conſtance,
Je veux dire au moment que vers l'affreux po-
    teau.
  L'adorable Princeſſe avance ,
  Notre homme en étoit aſſez près ;

Il l'y vit attacher fans plainte & fans murmure,
    Elle laiffoit les pleurs & les regrets
A ceux, qui fans égard aux loix de la nature,
    La livroient & tous fes attraits
    A cette barbare avanture.
Le Prince à cet objet malgré fa tête dure,
Pour la premiere fois forma quelques fouhaits.
    Dieux, quelle figure divine
D'un éclat immortel environna ces lieux !
L'objet le plus brillant qui foit deffous les Cieux
Ne pouvoit égaler ou fa grace ou fa mine ;
    Sa taille auffi haute que fine,
Enlevoit tous les cœurs, & charmoit tous les yeux
    Elle étoit moins brune que blonde,
Et fes cheveux alors négligemment épars,
    Ne déroboient point aux regards
    La plus belle gorge du monde ;
    A fon air tendre, la fierté
    Se mêloit fans être farouche ;
    Mais rien n'égaloit la beauté.
    Dont éclatoit fa belle bouche,
    Des graces c'étoit le féjour,
Et tous les agrémens y regnoient tour-à-tour.
De fon épaule gauche, on voyoit fur l'yvoire
    Certaine marque brune & noire,
Qui fembloit relever fon extrême blancheur ;
    Bref, pour affaffiner un cœur,

Jamais on ne verra de beauté qui ne cede

A cette nouvelle Andromede.

Déjà le Héraut par trois fois,

Réïterant du Roy la fatale promesse,

Avoit du Carouzel redit les dures Loix ;

Et sommé les Amans de la belle Princesse,

Le premier qui parut à ce Tournoy fatal,

Fut de notre Prince le frere ;

Et quoique dans ces lieux il ne l'attendît guere ;

Et qu'il eût de son Casque abaissé la visiere,

Il le connut à son Cheval.

Un autre combattant, ou plutôt un Colosse

Vint se présenter sur les rangs ;

Il étoit petit-fils d'un fameux Roy d'Ecosse ;

Le Prince le voyant sur une grande rosse,

S'écria tout émû, quoy toujours des Géans !

Ensuite le Prince de Frise

Assez joly quoique bossu,

Parut sur une Jument grise ;

A ce combat chacun étoit de mise,

Et tout Amant étoit reçû,

N'y fût-il venu qu'en chemise,

Après on vit un bazané

Que l'on appelloit escogriffe,

Il étoit Roy de Teneriffe,

Fier & méchant comme un damné,

Et se mêlant de sortilege,

Il montoit un puissant Chameau,
Les Princes de sa race avoient ce privilege,
Auquel pour divertir sa Maîtresse au Poteau,
  Il fit faire un tour de Manege,
  Tandis que notre Avanturier
Atteint d'un feu secret, plein d'une ardeur nou-
   velle,
  Regardoit fixement la belle ;
  Le Héraut avoit beau crier,
  Retirez-vous, voicy la bête,
  Jamais il ne tourna la tête ;
Car en la regardant ou pouvoit s'oublier,
Alors les plus hardis se sentirent de glace ;
  Alors d'affreux mugissemens
Du monstre qu'on lâcha firent frémir la Place,
Son haleine brûlante étouffe ou bien terrasse,
Et l'on mouroit au bruit de ses seuls heurlemens,
Le Peuple épouvanté se mit d'abord en fuite,
Autant en fit le Pere & tous ses Courtisans ;
Et la Princesse alors seule se vit réduite
  Au vain secours de ses Amans.
  Déja la cruelle Panthere
  N'en étoit plus qu'à deux cent pas,
  Quand l'Ecossois en témeraire,
Courant pour la sauver, courut à son trépas,
Et le Prince Frizon ne lui survécut guere,
  La bête avec peu d'embarras

        Le

Le renverfa fur la pouffiere;
Le troifiéme avec plus d'effort
Réfifte à fa mortelle griffe,
Et par un beau combat le vaillant efcogriffe
Un quart d'heure durant fçut differer fon fort
Et penfa bleffer l'hypogriffe
De notre Prince, alors Monfieur le frere aîné
Voyant de fes rivaux par la perte fatale,
Que la partie encor devenoit moins égale
Contre ce Monftre déchaîné,
Eut fon recours à la Prudence,
Vertu dont il faifoit bien fouvent plus de cas
Qu'il ne faifoit de la vaillance,
Et fe retirant au grand pas
Il laiffa lâchement la Belle fans deffenfe.
Pour elle feule curieux
Le Prince avoit tenu les yeux fur fon vifage,
Et n'avoit point vû le carnage
Qu'avoit fait des rivaux le Monftre furieux,
Point n'avoit vû cette retraite fage,
Que fon frere en laiffant la Princeffe en ces lieux,
Préferoit à l'honneur de mourir à fes yeux.
La bête n'ayant plus d'obftacle,
Contre elle tourna fa fureur;
Elle en fit un grand cry d'horreur,
Qui réveilla notre homme, & ce fut un miracle,
A lorgner toujours attentif,

Il n'avoit point oüi ces horribles vacarmes ;
Mais le Monftre , ou l'Amour le rendirent fi vif,
Qu'il courut l'attaquer fans frayeur & fans armes,
Lui fautant fur le dos , & le tenant au crin ,
Il réfifta trois fois , à trois fieres fecouffes ,
La Panthere pourtant l'emporta à la fin ,
  Quand Ifabelle & Gris-de-lin ,
Qu'il appella trois fois , fe mirent à fes trouffes ;
  Et Lis lui boucha le chemin ,
  Jamais ils n'attaquoient en vain ;
Et le monftre abattu , de mille taches rouffes
Enfanglanta la terre ; & finit fon deftin.
  Ainfi mourut l'effroyable Panthere ,
  Ainfi périrent trois Amans ,
  Qui dans cette terre étrangere
  Vinrent chercher leur monument.
Quand à ce que devint de la Belle le Pere ,
  Avec fes braves Courtifans ,
  Et de notre Héros le frere ,
C'eft ce que vous verrez au dernier de nos Chants

Fin du fecond Chant.

LES
TROIS CHIENS.

CHANT DERNIER.

T ANDIS que tout couvert de gloire
Un Berger mille fois plus charmant que Pâris ,
 Paroissoit étourdi des cris
  Qu'on poussoit pour une Victoire ;
  Dont il ignoroit tout le prix ;
  Quel triomphe l'Amour apprête
  Pour récompenser sa valeur ;
  Mais comme il avoit par malheur
  Toujours quelque sotise prête,
Détachant la Princesse , il dit , n'ayez point peur ,
  Nous avons mis à bas la bête ;
La Princesse en rougit , & détournant la tête
  Pour lui cacher cette rougeur ,
  Répondit tendrement , Seigneur ,
  Disposez de votre conquête ;
C'est à votre valeur , c'est à votre secours
Que je dois désormais le jour que je respire ,

Et le Maître de cet empire
Par son serment, vous rend le maître de mes
  jours.
La Princesse à ces mots le regarde & soupire,
  Tandis que la lorgnant toujours,
Il lui dit en bâillant, adieu, je me retire,
  Je n'entends rien à vos discours;
  Mais pour le reste je l'admire.
  Quel dépit, quel étonnement
Saisirent à ces mots la Princesse Royale,
Qui voyoit à regret dans un Héros charmant
  Une sotise sans égale
  Elle ne peut s'en consoler.
De tout temps un sot homme avoit été sa bête;
Que diable avoit aussi le nôtre à s'en aller;
Mais que diable ont toujours tous les sots dans la
  tête,
  Tandis que le plus grand des fous
De la sorte fuyoit sa belle destinée,
  Et que la Princesse étonnée
Pour le voir plus long-temps se tournoit* à tous
  coups.
Son frere aux pieds du Roy s'étant mis à genoux,
Demandoit instamment la parole donnée.
  Il s'étoit retourné de loin,
En sûreté de loin avoit vû la Victoire,
Il crut donc profiter lui tout seul d'une gloire,

Dont il s'imaginoit être le feul témoin.

Le Roy lui répondoit, ouy vous ferez mon gen-
  dre ;

 Et puifque par l'arrêt du fort

Vous fauvez aujourd'hui ma fille de la mort,

  Il eft jufte de vous la rendre.

  La Princeffe à ces mots parut,

  Et de fon trône fans defcendre ;

Le bon Roy l'embraffa, la baifa, l'y reçut,

  Non fans quelques larmes répandre,

  Des peres c'étoit le plus tendre.

Ma fille, difoit-il, quel tourment, quelle horreur,

Quand de ce Monftre affreux je vous ay crû la
  proye ;

  Voilà votre mari, votre liberateur,

Le Héros qui vous fauve & nous comble de joye.

  Alors voulant joindre leurs mains,

La Princeffe lui dit, rougiffant de colere,

Qui vous peut infpirer ces injuftes deffeins,

Loin d'avoir triomphé, Seigneur de la Panthere,

  C'eft au contraire des humains

  Celui qui doit le plus s'en taire.

Le fourbe quoiqu'adroit paroiffoit interdit,

Lorfque le Roy pour lui s'avifant de répondre,

La Princeffe, dit-il, ne fçait ce qu'elle dit,

Ouy ma fille, la peur nous aura fçû confondre,

Quel autre vous fauvant d'abord ne viendroit pas

Recevoir les deux prix que sa valeur lui donne,
     Méprieroit-il vos appas,
     Dédaigneroit-il ma Couronne.
Voicy donc votre Epoux il l'est, point de refus,
Il faut, & je le veux qu'on ne m'en parle plus,
     En vain elle se désespere,
     En vain embraffant les genoux
     De son inexorable Pere;
Fondant en pleurs & de chagrin outrée
     Elle appelle de ces Arrêts;
De ses nôces par tout elle voit les apprêts;
Et pour comble d'horreur elle se voit parée,
Et malgré cette horreur augmenter ses attraits
     Sa Nourrice disoit, Madame,
     Au nom de Dieu consolez-vous,
C'est bien fait, haïssez votre nouvel Epoux;
     Mais tenez-moy pour une Infame
     Si jamais il a rien de vous.
Avant que vous soyez entierement sa femme,
     Nous lui ferons passer le pas,
     Il le passera sur mon ame;
Non, ma chere Princesse, il ne vous aura pas.
     La belle ne l'écoutoit guere,
     Elle avoit à part son dessein,
     Et méditoit de se percer le sein;
     Pour sortir noblement d'affaire,
     Les tendres cœurs qu'on désespere

D'abord pour éviter un rigoureux deſtin,
Veulent ſe poignarder, mais de ces cœurs enfin
  Fort peu s'amuſent à le faire.
Le mary ne la tient que par le bout des doigts;
  Pendant ce triſte mariage
  Il n'en peut tirer d'avantage;
Et le Pontife en vain lui propoſa cent fois
  De dire ouy ſelon l'uſage;
  Non, diſoit-elle, à haute voix.
Et des ruiſſeaux de pleurs moüilloient ſon beau
   viſage.
  On paſſoit outre cependant,
  Et la Princeſſe inconſolable
  Qu'on faiſoit Reine en enrageant;
  Trouvoit cet honneur déteſtable;
  Et ſans avoir ni ſoif ni faim,
  Conduite à ce maudit feſtin
  Languiſſamment ſe mit à table.
Lors Poëtes fameux, fameux Muſiciens,
Celebrant au Palais tour à tour l'Hymenée;
Le Prince qu'entraînoit toujours ſa deſtinée,
  Vint s'y fourrer avec ſes Chiens.
Or c'étoit juſtement quand cent rares viandes,
  Paſſoient & ſe faiſoient ſentir,
  Chiens ne pouvant ſe démentir
  Suivirent ces odeurs friandes.
  Ils les ſuivent, & tour à tour

Ils s'approchent de la Princeſſe ;
Ellè , faiſant un cri tour à tour les careſſe ;
Et les baiſant au front devant toute la Cour,
    Pleura de joyè & de tendreſſe.
Le Roy fort étonné , lui dit avec vos cris,
    Ma Fille , que voulez-vous dire?
    La Princeſſe lui répondit, Sire,
De ce que vous voyez ne ſoyez point ſurpris ;
Quand l'Amant que voilà ſe ſauva ſur ſa Pie,
    Et que les autres furent morts,
Le Maître de ces Chiens par cent vaillans efforts,
    Avec eux me ſauva la vie.
Le prétendu Mary pâliſſant à ces mots,
    Le Roy qui vit ſa contenance
    Lui dit, que rien ne vous offenſe ;
Peut-être ſans raiſon nous tient-on ces propos ;
    L'homme aux Chiens n'eſt pas loin je penſe,
    Qu'on me le cherche en diligence.
Celui que l'on cherchoit étoit fort en repos ;
Il étoit demeuré dans la Salle des Gardes :
De tout objet groſſier volontiers curieux,
    Il regardoit de tous ſes yeux
    Les Suiſſes & leurs hallebardes,
Tandis qu'on mene au Roy le charmant Etranger
    Qu'on avoit trouvé dans ce poſte ;
Son frere apprehendant la honte & le danger,
Diſparoit dans la foule , & s'en retourne en poſte.
                      Quand

Quand le Prince parut , le Roy le regarda ;
Aussi fit tendrement sa charmante Heritiere ;
Est-ce à votre secours le Roy lui demanda ,
     Est-ce à votre valeur guerriere
Que je dois mon bonheur , il répondit ouida ;
     On trouva la réponse fiere ;
     Le Monarque tout réjoui
     L'embrassant , dit qu'on le marie ;
     Et sa Fille sans qu'on l'en prie
Donna toute sa main , & répondit oui ;
     Alors pour la fête nouvelle
     On prépare nouveau festin ,
     Et le Héros mourant de faim
Mangeoit comme un Vautour en regardant la Belle ;
     Malgré sa haine pour les sots ,
     Son ame pour lui prévenuë
     Etoit contente de sa vûë ,
     Et faisoit grace à ses propos ;
     Jamais le Roy ne fut plus aise ;
     Il faisoit au Prince l'honneur
De le questionner sur la moindre fadaise ;
     Il étoit grand questionneur ,
     L'autre au contraire grand mangeur
     Ne parloit que par parenthese ,
     Son beau - pere disoit , Seigneur ,
Contez nous vos travaux , vos dangers effroyables ;
Au milieu des Exploits vous aurez bien pâti ,

LES TROIS CHIENS.

J'ai crû, dit l'autre, être rôti,
Un jour par un Géant & trois ou quatre Diables.
Avoüez que rôtir est un vilain tourment ;
La Princesse pour lui rougissant jusqu'aux larmes,
Disoit tout bas en soupirant,
Que cet Etranger a de charmes,
Que n'a-t-il l'esprit de Rolland,
Comme sa gloire dans les Armes.
Pour ce couple charmant, tandis que tout rem-
pli
Les devoirs empressez de la fête publique,
La Nourrice en secret prépare dans leur lit
Le funeste appareil d'une Scene tragique,
La cruelle ne sçavoit pas
Que d'un second époux la Princesse charmée,
Lui destinoit tous ses appas,
Du premier toujours allarmée,
Méditant par son art l'infaillible trépas,
Elle avoit caché sous ses draps
De son côté du lit une machine armée
De cent couteaux de cent poignards,
Prêts à percer de toutes parts
L'odieux Mary dont l'audace
Méritoit à son gré cette fatale place.
Celui que menaçoit ce barbare dessein,
Sentant croître après le festin
De son amour la violence,

Dans une horrible impatience
De voir de ce grand jour la fin,
Maudissoit à tout coups les Tournois & la Dance.
Mais enfin cette heureuse nuit
Qu'il attendoit étant venuë,
La Belle rougissant d'une honte inconnuë
Se laissa pourtant mettre au lit.
Jamais Venus sortant de l'Onde
N'avoit étallé tant d'appas,
Sa gorge étoit cent fois plus blanche que les draps,
Et deux bras les plus beaux du Monde,
Répondoient des beautez que l'on ne voyoit pas.
Au bord du lit selon l'usage
Elle se mit modestement,
Elle s'y mit, mais en tremblant,
Et détournant son beau visage.
L'Epoux à cet objet sentit mille transports,
Et plein de l'ardeur qui l'agite,
L'Infortuné se précipite
Au milieu des mortels ressorts,
Et percé de cent coups par une mort subite,
Fut privé de l'espoir de tant de doux trésors,
Que son sort auroit eu de charmes,
Et que j'aurois porté d'envie à son destin,
S'il avoit évité jusques au lendemain
La mort qu'il trouva dans ces Armes,
Mourir sans avoir mis telle avanture à fin.

Eſt un ſort bien digne de larmes.
La joye en un inſtant fut changée en horreur,
  La Princeſſe déſeſperée,
  Bien loin de cacher ſa douleur,
  Ne voulant point ſurvivre à ce malheur,
Avec ce cher Epoux vouloit être enterrée,
Deux fois d'auprès du corps le Roy l'ayant tirée,
Deux fois elle tâcha de ſe percer le cœur.
Votre douleur, dit-il, ma fille, eſt légitime,
  Et le ſort ſe mocque de vous,
D'eux fois veuve en un jour ſans avoir eu d'E-
  poux,
Et ſans s'être attiré ce malheur par un crime,
  J'en aurois un mortel dépit;
  Mais dans trois jours vous ſerez Femme.
Le défunt, après tout, Dieu veuille avoir ſon ame
  Entre nous n'avoit point d'eſprit.
La Princeſſe à ces mots qui redoubloient ſes lar-
  mes,
Pouſſoit mille ſoupirs, s'épuiſoit en regrets,
  Et rien n'approchoit des vacarmes
Que faiſoient les trois Chiens au milieu du Palais.
  Jamais on ne verra peut-être
  D'objets plus dignes de pitié,
Tant de fidelité, de douceur, d'amitié
  Qu'ils témoignerent pour leur Maître.
Gris-de-lin perçant l'air de triſtes heurlemens,

S'étoit mis à ses pieds, Isabelle à sa tête ;

Mais Lis en vains regrets ne perdant point le
   temps,

  Pendant qu'on pleure & qu'on tempête,

Vola comme un éclair au Palais des Géans ;

   Il se souvenoit de l'histoire

   Du Géant par eux abbatu ;

  De la pierre il avoit vû la gloire,

Et s'étoit souvenu qu'elle avoit la vertu

   De rappeller de l'onde noire,

  Jamais Chien n'eut tant de mémoire ;

   Personne ne vit son départ,

   Car il sortit par l'écurie,

   Et courant comme une furie,

Il se rend au Château dans une heure & un quart ;

   Où les deux Nymphes par hazard

   Travailloient en Tapisserie ;

  D'abord chacune se récrie,

  Courant à lui, sois bien venu,

Beau Chien, apprends-nous, je te prie,

  Des nouvelles de l'inconnu.

Le triste souvenir que ce discours réveille,

   Tira des larmes de ses yeux ;

   Et s'élançant en furieux

Il arrive au séjour de la rare merveille,

  Qu'il venoit chercher en ces lieux ;

Une Armoire fermée en force sans pareille

Gardoit ce tréſor précieux,
La ſerrure en étoit d'un travail merveilleux.
Mais Lis l'ouvrant avec l'oreille,
Couvrit tout le Palais d'un éclat radieux,
Il ſaiſit la pierre liquide,
De ſon Maître il ſçavoit que c'étoit le deſtin;
Et dans l'empreſſement & l'ardeur qui le guide,
Son retour chez le Roy devança le matin.
Là, tout étoit rempli d'une horreur inoüie;
Car on étoit prêt à coucher
Le Prince infortuné ſur un vaſte bûcher,
Et la Princeſſe à terre étoit évanoüie.
Le Roy tout étonné de voir l'éclat qui luit
Au milieu d'une nuit profonde,
Dit, quel aſtre chaſſe la nuit.
Un Soleil tout nouveau vient éclairer le Monde;
Les Courtiſans flateurs diſoient tous à la ronde,
C'eſt un Soleil nouveau
Qui donne un jour ſi beau.
Ces eſclaves de la Fortune
Diſoient toujours comme il diſoit;
Lis ayant écarté cette foule importune,
Se rendit près du corps que Gris-de-lin baiſoit,
De ſes deux Compagnons d'abord la joye éclate,
Ils le reçûrent en ſautant;
Lis dans cette liqueur ayant trempé ſa patte,
Les deux autres en font autant,

Chaque bleſſure qu'elle touche
Soudain ſe referme & ſe bouche;
Son corps en fut frotté par tout,
Et Lis en verſant dans ſa bouche,
Son Maître ouvrit les yeux, & bien-tôt fut debout;
Jamais il n'eut ſi bon viſage,
De cette divine liqueur,
La vertu diſſipant ſa mortelle pâleur,
Des mortels le plus beau, des mortels le plus ſage;
Plein d'eſprit & plein de vigueur,
Parut un demi Dieu dans la fleur de ſon âge.
Le beau-Pere ſaiſi de peur,
Tout interdit de ce ſpectacle;
A peine retrouvant ſa voix,
Nomma ſa Fille par trois fois;
Et cria par trois fois miracle.
Du beau reſſuſcité, d'abord le premier ſoin
Fut de porter par tout la vûë,
Il vit la Reine dans un coin
Entre ſes Femmes étenduë.
L'Amant qu'elle ſuivoit dans l'horreur du trépas;
L'embraſſant tendrement du trépas la rappelle,
Elle voit ſon Epoux près d'elle,
Son cœur le reconnoît, ſon cœur n'en doute pas;
revenant au jour d'une nuit éternelle,
Elle ſe trouve dans ſes bras.
Dieu, que leur diſcours étoit tendre!

Et qu'ils se charmoient tour à tour.
Que la Princesse alors se plaisoit à l'entendre ?
Qu'il parloit bien de son amour.
Ne croyez pas qu'on se hazarde
De repeter ce qu'il lui dit ;
Bon , quand il n'auroit point d'esprit ?
Depuis qu'il en a je n'ai garde.
Le Roy se mit à le questionner
Sur son séjour en l'autre Monde ;
Car il aimoit à raisonner
Sur cette matiere profonde.
Le Prince alors lui fit sçavoir
Que ses deux Filles enlevées
Etoient dans le Palais des Fées ;
Et qu'il les reverroit le lendemain au soir ?
Qu'il avoit vû le Roy son frere ,
Qui venoit en fuyant de se casser le cou ?
Changé là-bas en Loup garou,
Pour plus d'une méchante affaire
Qu'il avoit aussi vû dans le séjour des morts,
L'autre Frere privé de vie,
Que l'aîné par supercherie
Avoit fait condamner pour avoir les trésors ;
Puis se tournant vers la Princesse,
Il se mit à genoux & lui baisa la main ,
Offrit de ses Etats l'empire souverain
A cette adorable Maîtresse.

CHANT DERNIER.

Déplorant toujours son malheur
De ne pouvoir avec son cœur,
Offrir à ses appas l'Empire de la Terre ;
Mais il lui promettoit à la premiere Guerre,
Qu'il seroit du moins Empereur.
Pourquoi differer leur bonheur,
Le Roy consent qu'on les marie ;
Et pour finir cette ceremonie
Voulut voir mettre au lit un couple si charmant ;
Le Prince cette fois s'y mit plus posément.
Et la Princesse fortunée,
Par un retour des maux à la felicité,
Avec son cher Amant unie & couronnée,
Passa tous ses beaux jours dans la prosperité.
Clarice de son sort vous eussiez herité,
Si de son temps vous étiez née ;
Que n'avez-vous sa destinée
Comme vous avez sa beauté.

F I N.

H

PRIVILEGE DU ROY.

LOUIS par la grace de Dieu Roy de France & de Navarre : A nos amez & feaux Conseillers, les Gens tenans nos Cours de Parlement, Maîtres des Requêtes ordinaires de notre Hôtel, Grand Conseil, Prevôt de Paris, Baillifs, Senechaux, leurs Lieutenans Civils, & autres nos Justiciers qu'il appartiendra ; SALUT. Notre bien amé JEAN LESCLAPART Libraire à Paris, nous ayant fait supplier de lui accorder nos Lettres de Permission pour l'impression d'un Livre qui a pour titré : *Les trois Chiens, Conte;* Nous avons permis & permettons par ces Presentes audit Lesclapart de faire imprimer ledit Livre en telle forme, marge, caractere, conjointement ou séparément, & autant de fois que bon lui semblera ; & de le vendre, faire vendre & débiter par tout notre Royaume pendant le temps de trois années consecutives, à compter du jour de la date desdites Presentes ; faisons défenses à tous Libraires, Imprimeurs & autres personnes de quelque qualité

& condition qu'elles soient d'en introduire d'impression étrangere dans aucun lieu de notre obéissance ; à la charge que ces Presentes seront enregistrées tout au long sur le Registre de la Communauté des Libraires & Imprimeurs de Paris, & ce dans trois mois de la date d'icelles ; que l'impression de ce Livre sera faite dans notre Royaume & non ailleurs, en bon papier & en beaux caracteres, conformément aux Reglemens de la Librairie ; & qu'avant que de l'exposer en vente le Manuscrit ou Imprimé qui aura servi de copie à l'impression dudit Livre, sera remis dans le même état où l'Approbation y aura été donnée és mains de notre très-cher & feal Chevalier Garde des Sceaux de France le Sieur Fleuriau d'Armenonville ; & qu'il en sera ensuite remis deux Exemplaires dans notre Bibliotheque publique, un dans celle de notre Château du Louvre, & un dans celle de notredit très-cher & feal Chevalier Garde des Sceaux de France le Sieur de Fleuriau d'Armenonville, le tout à peine de nullité des Presentes : du contenu desquelles vous mandons & enjoignons de faire jouir l'Exposant ou ses ayans causes, pleinement & paisiblement, sans souffrir qu'il leur soit fait aucun trouble ou empêchement. Voulons qu'à la copie desdites Présentes qui sera imprimée tout au long au commencement ou à la fin dudit Livre foy soit ajoûtée comme à l'original. Commandons au premier notre Huissier ou Sergent de faire pour l'execution d'icelles tous Actes requis & necessaires, sans demander autre permission, & nonobstant clameur de Haro, Charte Normande, & Lettres à ce contraires ; car tel est notre plaisir. Donné à Paris le quinziéme jour du mois de May l'an de grace mil sept cent vingt deux, & de notre regne le septiéme. Par le Roy en son Conseil, CARPOT.

Ledit Seur Lesclapart a fait part de ladite Permission aux Sieurs Jacques Rollin, Jean Bauche, & Jean Pepingué, suivant l'accord fait entre eux, Ce 21. May 1722.

LESCLAPART.

Registré le présent Privilege, ensemble la Cession cy-dessus, sur le Registre V. de la Communauté des Libraires & Imprimeurs de Paris, page 104. No. 119. conformément aux Reglemens, & notamment à l'Arrest du Conseil du 13. Aoust 1703. A Paris le 21. May 1722.

DELAULNE, Syndic.

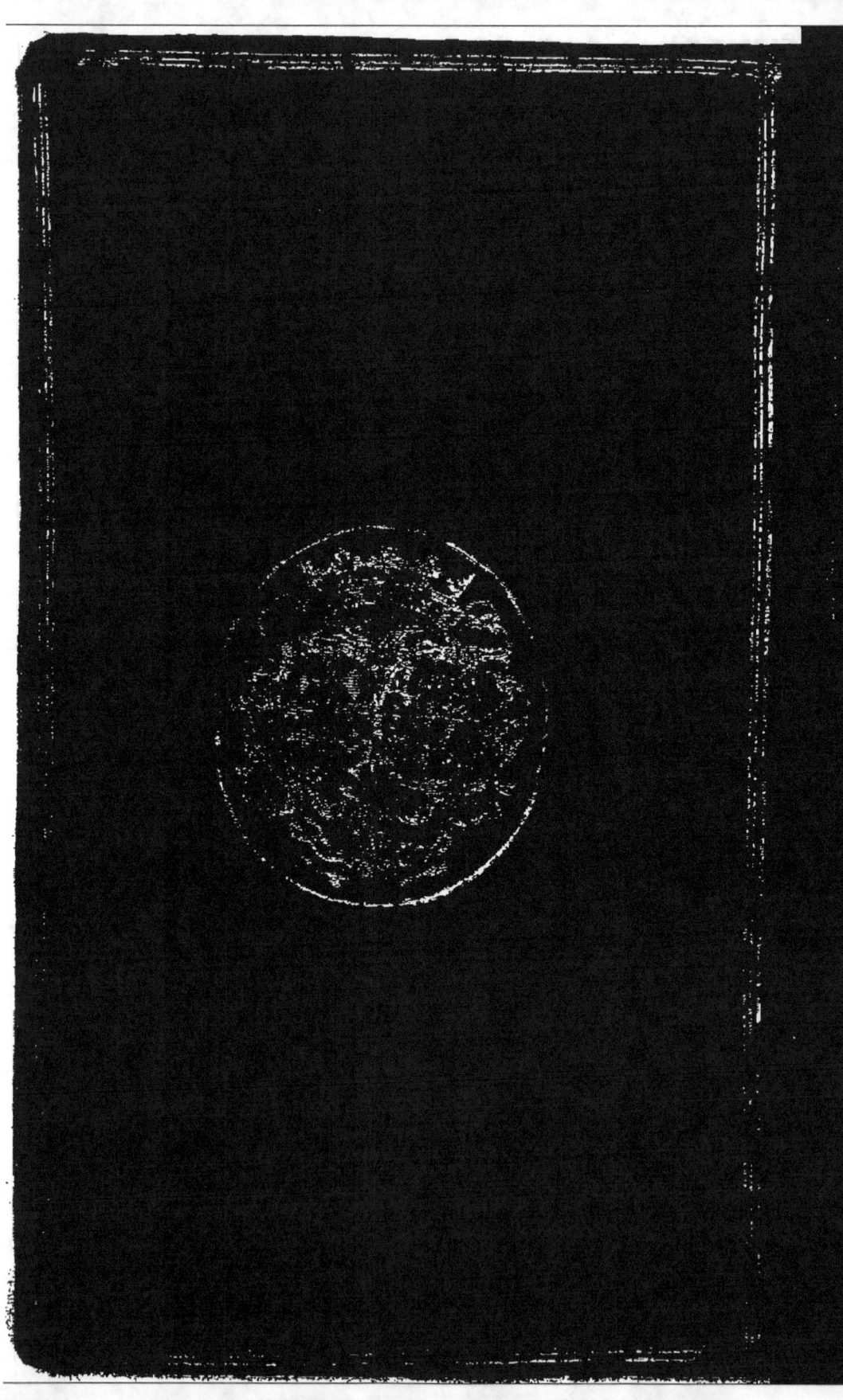